心のてのひらに

稲葉真弓

港の人

白い花

垂直に鳥が落ちてくる
開いた松毬の種が無数に
風に運ばれて息もできなかった
あるいは西の空　が
ふんどしのような輝く帯におおわれ
そこにだけ赤や紫の重力が垂れ込めていた　と
いったようなことなど　なにひとつ
なかったのでした

いつものようにはちみつ入りの紅茶を飲み
朝六時二十五分にはテレビ体操を行い
湯あみのあとは濡れた髪をタオルでふきながら
棚に並べた貝殻をぼんやりと眺めておりました

ですから貝殻がとつじょ烈しく床にころがったとき
もうすべては取り返しのつかぬ形で起きていて
………
いま地上には三月の光がさしていて
なにごともなく　しかしなにかがわずかに変っていて
創世記のページの裏側を歩いているようです

それでいてこの日のことは
もうむかしから　そう　ずっとずっとむかしから
わたしたちが文明の言葉をしったときから始まっていて
わたしたちは意気揚々と文明をひとつ　またひとつ
育てる母でした
男たちの腹や頭や血管にも文明の胎児は膨らんで
育てることの喜びは
混じり気のない鋼鉄の輝きのように
ピカリピカリと町中で光りました
そんな臨月が　続いたあと

いまこのだれもいない土地を歩くとき
ここは創世記のページの裏側で

いま一歩歩き出せば真白な紙がぺらりとめくられて
かつての世界に戻るような　そんな気もするのですが……

枯れた道端の溝の中に
薄い薄い毒水をすって
見たこともない白い花が咲いておりました
牛や犬たちだけがさまよう荒野
だれも見向きもしない村外れの
草で埋まった溝に
白い花が　白く　ただ白く淡く
咲いているのでした

春そこから皮膚が

……そこからまた始まるとしても／春の先端はあいまいで嵐があったり水っぽい雪が降ったりいきなりガンダムみたいな太陽がてりつけたりして日記の天気欄は絶えず変化するのだった／今日の日記の右端に書きつけた天気はあんまりきまぐれで〈晴れのち風のちしぐれ〉そのきまぐれのせいでわたしは白いTシャツ黒いフードつきジャケットフリースのコートを波にもてあそばれるボードみたいにあれこれ巻きつけ果ては脱いだりしつつ一日を泳ぐしかなかった／皮膚よろしいですか／赤いぶつぶつまたはかゆみなどありませんか／くしゃみ鼻水咽喉の渇きその他いろいろベランダに干したシーツ冬の靴下純毛のストールは膨らんだり縮んだり／皮膚に浮

き上がる血管も同じように膨らんだり縮んだりそのすきまに花粉煤塵取り残されたススキの穂などいろいろやってくるのでわたしは鼻の炎症くしゃみ目のかゆみを抑える薬を絶え間なく飲まねばならなかった／手のかゆみは昨年初めて気づいたものだがこの荒れよう傷《いた》みようは年齢のせいではなくどこからかやってくる目に見えない悪魔としかいいようがなく／かゆいですかゆいです頭がぼうっとしていきます鼻がくすぐったくてもげそうです息ぐるしいですかきむしりますと言葉にならないものが身体の奥でわめくひしめく／これだって考えてみたら甘美な苦痛生きていることの証しだとしたらそこからまた始まる春の祝祭でもあるのだが眠りのなかにも祝祭は忍びこみ／ああ／どこかで太の音がすると目覚めれば咽喉がぜいぜいと鳴っている／喘息かしらいいえ肺病かしらもしや肺ガンかもしれぬ／いえこれはきっと夢のなかを断末魔の動物が息せききって走ったのだ／どんな生き物が走っていったのかあれやこれやしっぽ耳四本の足毛並みの色などをころがしているといきなり強くくしゃみが出て／ああ／わたしを侵食するものは二十四時間漂う塵芥《ちりあくた》／布団シーツ

からこぼれ出た春の細胞細菌類目には見えない細やかな死骸の破片だったのだと思えばいとおしさもふとよぎるが苦しみは減るでもなく布団を引きはがせばまたそこからわっと塵芥は散って熟しかけた花の匂いも漂う／緑なる松にかゝれる藤なれどおのが比《ころ》とぞ花は咲きけるの新古今の時代から花は〈おのが比《ころ》〉にうつつを抜かし／もう一花もうあとひとつの恋と眼力《めぢから》こめるボヴァリー夫人のように獰猛可憐であったのだ／とはいえもはや眼力より自分の体を守らねばならぬわたしは花などいらぬ松陰にそのままいよただ長いだけのぶざまな藤花め！　といいたいが空気にまぎれてやってくる怪物の姿はどこにも見えずいかようにもしがたい／祈りを胎児のように丸めてもう一度眠らんと鼻をすすればどこかでまたかすかな水音が響く／あわあわと明るむ寝室の窓の曇りガラスの果ての果てでかゆみ不眠を溶かす雨がひそと降り始めているらしい／そこからまた始まる春一日の新しい皮膚／ふと寝返りを打てば雨はいよいよ強くなるようだった

……というように春の皮膚はいつのころよりであろうか母DNAの生地を離れなにか不遜で図太いあたらしいものに行き着き昼は乾き夜はさらに乾ききりいくたびもわたしは新聞広告コスメ雑誌類の〈潤い〉などという誘い文字にしがみつく／ときに〈潤い〉は〈蜜肌〉〈すべらか〉〈もちもち〉〈張り〉〈艶肌〉〈美肌〉〈アンチエイジング〉なる言葉へと変換されるが〈蜜〉〈艶〉なるものの具現者に出会ったことはついぞなくいつしか〈蜜肌〉は〈満ちぬ肌〉に〈艶肌〉は〈お通夜の肌〉へとあっけなく再転換される／通夜の提灯のしんしんと冷えた光が路地奥でぼうと点るあるいは声明の染み渡る暗い座敷の一点明るい裸電球のゆらめきのなかに浮かぶ老婆たちの痩せた背中鶏の首そっくりの影が妙に不吉で皮膚は怯えきってさらに皺皺皺になるようだった／〈アンチエイジング〉である若い羽毛のような春の雨が何日かつづきジンチョウゲ・ミモザが濃い香りをはこんでくるときも春雨いとゆかしとはいかずかゆいですかゆいですむずむずしますかきむしりますと呪文のような言葉だけが歯ぎしり交じりの口元に満ちて／どんな草木一本可憐なデージーでさえ敵である

ことがわかる／遠いところで引き潮がざわざわ咽喉鼻手のひび割れに痛くしみて／解決のつかぬ頑固なものが不眠で充血した目の奥を重くした／これはもう行き止まりなのかあるいは通り抜けできる道なのか道筋あいまいなる身体の底から冷えびえとこれはいかんいかんぞと尻叩く声がする／いかんいかんぞと声が響くたびにこらえ切れぬ憤り悔しさがあふれて犬駆け回る品川の緑地公園つつましやかな盆栽積み上げられた路地までもがたたきつぶしたいあばた鬼の顔になる

……春は待たれるものであったはずなのに北の友人のメールにそろそろ雪が解け芽吹きが山のあちこちに緑・黄色・青と美しいわよとあるのを見ればぜいぜいと息ぐるしい不吉はなお募り／そうだその真ん中に行けば清浄なる雪解けの水が呪いあるいは春の病を押し流してくれるかもしれないとせくように思う／東急ホテルグループのこれも友人から届いた会員優待券をバッグに押しこみ寓居の鍵をその横にジャラジャラいれるがいったいどこに向かったらいいのか具体的な地名は一向に浮かば

ない／逃亡と滅亡の気分だけはナイアガラの滝のように盛んだが山あいのリゾートホテルなんぞで鼻を詰まらせティッシュペーパーにまみれて何日過ごしても母DNAのすこやかさは取り戻しようもない予感／ならばその母DNAのまだわずかに残るであろう生地に行けば春の病も癒えるかもとわたしは博打場にサイコロ振りにいく気分で新幹線に飛び乗る／小田原熱海新富士静岡豊橋過ぎる駅の閑散としたホームはまだ冬の気配で途中窓から見える三角形の巨大な富士山は青空に白い雪の角を突き立てていた／時速二百七十キロで切り裂かれる生地への旅はとろりとろり途切れがちの夢のようでなつかしさせつなさいたたまれなさ後ろめたさの感情のすべてを消し去りあっという間に細い川のほとりに着いていた／木曾・長良・揖斐を総称木曾三川と呼ぶがその大河なる母DNAを溶かしこんだ生地の小川は藻やら缶やらポリ袋やらカラスの羽むしりとられた草などを浮かべて青緑に濁りしかし水面に映る柳の影だけは美しかった／芽吹きはすでにあって幹は黒く光り小川のほとりにはツクシ・ノビル・フキノトウが頭をもたげていた／ああ／ここから最初の春は始

まっていたのだと暗く重い水を覗けば水に映りこむ田舎じみた柳の痩せた枝は無数にそよぎゆさゆさとわたしを抱くようであった／とすでにわたしは頭のてっぺんに髪飾りのつもりの洗濯ばさみをつけ白い木綿のパンツをはいた田舎娘から祖母あるいは父母の腕に手渡される赤ん坊へと縮み／しばし血縁血脈の柔らかな指手にいじられたあと銀色のモロコかフナか小さな川魚になっていて海までは遠いくねり曲がった無名の用水路へと泳ぎ出す／鱗の隅々に水は満ちて藻の暗いそよぎさえいっそ気持ちいい／黒い泥と水との境界を緩い流れに洗われながら行けばまとわりつく家系図および来し方の長い長い尾びれは見る間にすすがれ／かゆいですか乾きますかむずむずしますか皮膚ぶつぶつしてますか？／いえもうかゆみも息ぐるしさもくしゃみもぶつぶつも瞼の異様な熱も消えて土手一杯の柳の青／田舎水の甘露にはこばれていく

……そしてまた暗い水の奥に新しい日付は生まれ春三月八日の誕生日魚は産卵の気

配の待つ河口へと向かうのだが／驚くべきことに皮膚はひやりと濡れて甘く生臭く
／鮮やかな虹色の〈艶肌〉となっていた

海をゆくものへの挽歌

……潮の流れに乗って乗って二〇一一年三月八日の誕生日以来魚になったわたしは
新しい日付の春の海へと泳ぎ出すが
柳の芽けぶる木曽三川の汽水域から〝北の地の雪解け水〟を一度見んと強く尾びれ
をかけば伊勢湾から動く海流は細い糸のようにまつわりつき
羅針盤・方位計がなくても水の標は遠州灘駿河湾相模湾九十九里浜から陸棚はろば
ろとワカメ群れ遊ぶ暗い森へと続いていた
ああ
この水の冷気こそ奥羽山脈より流れ込む雪の微粒子

体見る間に軽々と浮き岩の凹凸まで玲瓏な三陸の岸辺へとたどり着く
その海に肌はくすぐったく洗われすすがれてとうに忘れていた皮膚の官能が木漏れ
日のように笑い出すのが感じられた
とそのとき
黒・褐色の岩底プレート一気にのたうち痙攣する
水の嵐地底から噴き上がり天地鳴動固い岩盤にかつて耳にしたことのない轟き満ち
て海そのものが魔の千本指いや煮溶かしたような鋼鉄の液体となり雪残る午後の町
とリアス式海岸を呑みこんだ
渦巻く海底の砂の層
大岩の転がる雷鳴めいた響きの果てに漁船のマスト折れ〈武蔵丸〉〈三郎丸〉と船
の名書かれた腹真っ二つ油静かに水の面に広がった
あれはなんだ？　海一面ののたうちは！
何千もの人々の驚愕ほとばしりのどやかな岸壁松の緑鮮やかな防潮林カニ眠る北の

町の真昼が真昼ごとそっくりさらわれていくのが見えた
津波 tunami 津浪何段もの白い波頭
地から剝がされていく真昼
ちりぢりになっていく真昼
水のギロチンが地底からせり上がり
それが晴れ渡った三月十一日
北西の風吹く北緯38度6分東経142度51分地点における惨劇だった
いまいちど地上の空気を吸わねばと身もだえつつわたしのかたわらを過ぎるひとよ
長靴姿の漁師の唇すでに青く髪ばらけた老女瞼を閉じ〈く〉の字にひしゃげた電気屋の看板枝一本ない倒木その倒木に絡まる美しい翡翠のネックレスもやがてばらけて
しかし無力であるわたしは目を見開き岩陰の洞に身を寄せたまますすべを知らなかった

故郷の河口を離れ汽水域をゆるゆると北上し誕生日からたった三日で目にする猛り
狂う三陸の海
波は籐イス・八幡様のお守りをぶら下げた車・子どもの手袋などそこにあった数秒
前をからめとり
だれがだれを呼ぶのか
どこを立ち位置とするのか飛び交う声たちすくむ足幾多あまたの視線は崩れゆく
家・橋・坂・ブロック塀をただ追うだけだ
こんなときも猛る水や消えゆく町を凝視できることの驚き
ニンゲン無力！
ニンゲン悲哀！
ニンゲン憤怒！
しかし無力も憤怒も凍りついたままの目も生きのびたものの側にあるとするならば
声を封じられた驚愕の唇も毛穴閉じる恐怖もまたひとつの発語ではあった

何万もの人々の放心のなか泥水は一切の昨日一切の朝を遠い水平線へと運び去る
大地から遠く遠く離れた空に一秒前一分前の時間のかけらが〈破壊〉の文字を浮き
立たせきらきらと光るだけ
つながれていた手ぬくもっていた植木鉢僕もう乗れるようになったんだよ12インチ
の自転車にと晴れやかに響いていた子どもの声も
ついいましがたまでそこにあった現在が厚ぼったい水の一部となるとき
……ニンゲン慟哭！
ニンゲン無常！
なにもかもが沈んでいく壊れていく
わたしよ魚のわたしよ流されることを免れた魚である身のすべてを賭けてこの瞬間
を見届けよ
ともにある生類の一対の視線であれらすべてを体内の画布に印画せよ
内なる声にせかされて波の壁から浮き上がればすでに街路はどこにもなくがらんど

うのビルの窓にひしゃげた車が突きささっている
電信柱にカラスが止まっていると見上げればそれは濡れそぼった男物の黒いシャツ
ひたひたひたひたひた時にゴーッと町は引いて行く潮にもてあそばれ跡形もなく姿を消した
しかし一点……あの一点はなんだろう
一個の白いホーロー鍋がぷかりぷかり烈しく波に逆らいつつ浮かんでいる
引き裂かれた世界のすきまに
いま生まれたばかりの生き物のように傷ひとつない鍋は反射する
創世記ノアの方舟・洪水のあの日にも一羽の白い鳩が飛んだはずだ
だから思えあれは鳩だと！　あの白いものは
だれかの代わりに
飛べなかったものの命を飛ぶために翼持つものへと化身していくのか白い鍋
この世の闇をはね返し

ただ一点の白として遠ざかる鍋を
どこから差すのか薄い光が灯台のように照らしている
魚であるわたしの目はその一個の白い点景のゆらめきにぼうぼうと焼かれ射ぬかれ
続ける
焼かれてひりつきいきなり血の色の涙があふれ出る
なぜだ？
なぜ魚のわたしの感情を焼くのだあの鍋は？
魚眼に打ちつける強い潮のおごり高ぶったうねりの果ての果てに人間であったとき
の団欒の夜が黄ばんだクロス貼りの天井の電灯下に浮かび上がり
あの一個の鍋こそがすべての母の声すべての父の笑いすべての妹の咀嚼すべての兄
弟の呼び交わしを響かせていた最後の一日の尊い器だったのだと幾重もの声が届く
だれの記憶であろうかわたしの鱗は海底から湧く混声合唱のような声を受けて過去
の団欒の暦として烈しく一枚また一枚とめくられていく

ああしかし
さかのぼっていく暦は真っ白三月十日三月九日三月八日
そのかたわらで風はびょうびょうと海を渡り鍋底に無数の死者の手が貼りつくが冷え冷えと引きまた寄せる波の無情を止めることはできない
引くところまで引いてむき出しになった陸棚にワカメは髪のようにもだえ貝は子どもの頭のように軽々と転がる
そのはるか先の海溝まで白い鍋は遠ざかりやがて長い長い流星の尾のように音もなく消えていこうとしている
海のなかの目撃者であるわたしは釘だらけの柱に破られた老女の腹
待てというように開かれたいくつもの手首をすり抜け白い輝きを追わずにはいられない
言葉を持たぬ魚の感情にふいに血の涙に濡れたニンゲンの言葉が起き上がる
〈いまそこにあった団欒をからっぽの空白に満たせ鍋よ

沈むな鍋
三陸の午後を永遠に海流に乗せて国境のいさかいや今夜の飽食にしがみつくやつら
のもとに運び続けよ
そしていつかたどり着くのだ
もう一度つましい雪国へ
いまは泥底に沈んだ故郷ではあるがいつの日にかわたしたち生類の藁床のような岸
辺へと戻ってこい〉
……やがて町に漆黒の闇が来る
悲哀と放心と嘆きと怒りに満ちた夜が来る
わたしはもう動かないいや動けないのだ
浮袋に満ちてくる切り立った崖のような沈黙に金縛りになっている

（無題）

柱だけになって漂う家
海をゆく一個の鍋底に
光よ　指を触れよ
わたしたちが最後にいた午後二時四十六分
その一秒前と同じ強さで　光よ

明日は雪が降るという　厳寒の宮古
かなうなら雪の一粒一粒よ

あの一個の鍋と　波から突き出す牛の足を温めよ

波間に遠ざかっていく白い鍋
夕食に炊かれるはずだった煮物のことを思う
鍋にあふれるはずだった野菜と汁のことを思う
子と親　家族の声
いま強く　流れに乗って運ばれていく鍋一個
一瞬前の豊饒を　だれが夜のお椀に注ぐのか

春の雪が降りだしたようだ
その雪に　枝一本の梅のにおいを
真っ暗闇の町を離れていく
小さな柩のために

この世の梅を　一本
縁の部分が天使の輪のように輝く
いとしいわたしたちの鍋へと捧げよう

それからわたしたちは
永遠のような暗闇に　頭を垂れる
無数の　失われたものと同じ重さで　頭を垂れる

シュポー　見えない列車

その夜　日本列島を長い長い列車が通りすぎた
鳥だけが　はばたく　泥の大地
揺れ　揺れ続ける黒々とした地層を
つり革のない列車が　通りすぎた

行き先は　だれにも見えなかった
海底の駅を過ぎ　汽車シュポー
青空の踏み切りを通り越し　汽車シュポー

たどりつかねばならぬのは
春の光に濡れた三月十一日　の　一秒前の世界

びょうびょうとレールは光る　塩水にまみれ
故郷と呼ばれた水没の地を疾走する

いましばらく　あの駅を探さねば
どこかにあるはず　ぬくぬくとした火を点す駅は
シュポー
すべてのわたしたち
を　乗せた　見えない列車が
あの日から　日本列島を走り続けている

（無題）

今日は見ない　明日も見ない　白々としたテレビなどは
帰らぬあの日
帰らぬ友人のそのまた友人たち
帰らぬ愛犬
帰らぬあの子がそこにいたとき
帰らぬあの日から届いたなつかしい手紙

だから　もう見ない　白々としたテレビなどは
凍りついた握り飯をしゃりしゃりと
分けあう北の夜にいる友よ

三月を過ぎてみれば
ミリシーベルトという耳慣れぬものが降り注ぐ地に
すべてのわたしたちは立っていた
無数の数珠と位牌が散らばる
春の空はとてもきれいだ
その空のかなたで
わたしたちは帰らぬ犬となる
帰る家をさがす犬となる

数珠の一粒一粒のなかにいる
行く先のわからない　わたしたち野良犬
今日もまた　テレビは白い

椿を鎮める

いたみは文明のなかでそだつのだ
それとはしらず　そしらぬ顔で
ある三月　文明の臨月が
大地を揺らし　海を揺らした

あんなにも悲鳴は近くまで届いたのに
牛も犬も猫も青光りしながら叫んだのに……

おお　恥シラズ
私たちの心のなかに
またもそだちつつある椿の実のような胎児
私こそが文明だ　と
腹を蹴りながらささやく黒いもの

梅が香る二月　如月
とこしえに春はめぐるが
私たちは　それを止めることができない
次の臨月までの　黒い年月
目の奥の湖にも
真緑にそよぐ柳の隣にも
不吉な固い椿の実は

沈めても沈めても
浮きあがってくるのだった

ことほぎ

新春のことほぎを…と便りがとどく
真っ白な便せんに
透ける鳥の　翼の白さが
あの日の　春の雪を思わせた
……あれはほんとうに雪だったか

ひと巡りした春は　ことほぎの裏に
ひっそりと墓標をかくす

それでも地上には水仙が首をもたげ
北に向かう列車の時刻表にも
あわいフリージアのにおいがする

でも…と便りはささやく
もう二度と金縛りにはなるまいと思います
ぼう然と　無力にはなるまいと

――船は出たのだ――
いなくなったひとの手のぬくもりや
種を植えたひとの影を積み
空っぽのランドセルにも
とりあえずのあしたが満ちていると

新しい地を目指す船はいう

新春のことほぎを…とわたしの心に届く
何万枚もの　やさしい手紙
その手紙に
水仙の蕾を添えて

行きましょう

ご返事は書きません
　　なぜって

もう一緒にいるのですから

クラゲたち

サザエ採りに繰り出した伊勢・志摩の海で
素潜りの達人が言っていた
〈そろそろクラゲがくるだろう〉
あと数日で八月の満月
水に漂うものが
今年は北からやってくるという
青い宇宙を抱いて消えた賢治の妹や
銀河鉄道に乗った人々の抜け殻が

蟬時雨のように海を満たす夜がくる
　初盆は　寂しいだろう
　迎えるものは　泣くだろう
　帰るものたちも　泣くだろう

満潮の海に浮かぶわたしは
あしもとの暗い岩の影に怯える
海底から響く
漁船のスクリューの音に怯える
水の流れもこころなし
去年とは違うようだ

——ひとつ通り過ぎる　名前が透けて
顔のあるちいさなクラゲ
その後ろから
八月の満月めざして
くる　くる
無明世界のクラゲたちが北の地から——

伊勢・志摩の海は
うごめくものでもう真っ白
と　思う間に夕立はすぐに晴れて
薄い虹を渡っていく
何万匹ものクラゲたち

塩からい奈落だ
わたしの肌を刺す鋭いとげ！
刺すものと刺されるものが海の上で
ともに痛みをこらえながら
過ぎ去った夏のことを思っていた

冬の薔薇

一本の薔薇　赤い薔薇
朝露を光らせ
ゆうべの大地の息吹を乗せていた
それでも　もうあの土地はないのだと
知っている顔をしていた
温室は壊滅しました　塩水まみれになりました
しんと静まった目のような空洞が

花びらの暗いくぼみに漂っていた

一本の薔薇　赤い薔薇

歴史は薄い花びらにも宿るだろう
すべての花に　感情は宿り
茎の吸い上げる水に　明日への約束が宿る
やがて干からびていくにしても
とりあえず一日は豊かで
すみずみが充実をまとっていたのだ

一本の薔薇　赤い薔薇

まだ時間は流れているだろうか
地上を離れて漂う薔薇の
赤い花弁に
彼岸が迫っているとしても

いつの間にか
雪が降り始めている

無人の家の　うっすらと埃のたまった
居間や仏間で
人知れず凍りつく薔薇たち
今夜も屋根は雪水に黒く濡れるだろう
そこでひそやかに交わされる

宿りの言葉を
遠くで眠りこけるものたちに伝えよ
あの日の妻の手のぬくもり
幸福に満ちた吐息を

幻の薔薇が酔っぱらいみたいに　流れていく
どこに帰るの？
ランベルト正積方位図を貫いて

損なわれなかった場所があるならば
その一点を　わたしは知りたい

ホントウのコト

春がきて　花はふくらみ
あたしの指を露でぬらす
傷だらけのまま明けない夜が
その花に　宿っていることを
だれもしらない
　　ホントウのコト

船は　新しい港から出ていく

海ではカツオの群れが
泡立って黒く光っている
その海底で
顔を尖らせたたくさんのたましいが
立ったまま眠っている
だれもしらない
　ホントウのコト

南風が吹き始めた
もうすぐツバメがやってくるだろう
くちばしの黄色い子ツバメが
餌をおくれと軒先で鳴いている
その無人の家の明るいテラスに

乳をすう子と
みずみずしい乳房の女がいたことを
だれもしらない
　　ホントウのコト

夏草がつんつんと　通り雨に打たれている
伸びて行く　伸びて行く根と茎
夕立の過ぎた湿った空に
薄い紫色の虹がかかる
その虹の下に
町から村を結ぶ橋があったことを
だれもしらない
　　ホントウのコト

澄みきった井戸の水を汲みに行く
子どもの掌に落ちる水
あたしの手を冷やす冷たい水
でも　もうこの水は
むかしの水ではないんだよ
何十年先まで十字架を背負う水
ミリシーベルトやセシウムなんて言葉は
流れる水はなんにもしらないだろうに
　　ホントウのコト

見えない列車が走っていく
二万人近い乗客を乗せた透明な列車

長靴姿の漁師　エプロン姿のおばあさん
はだしのままの子どもたち
つぶらな目をした犬や牛
さまようものたちのきつく結ばれた唇に
三月の午後の光が射している
北の地から成層圏へ
静かな列車　どこへ向かうのか
だれもしらない
　　ホントウのコト

たくさんのホントウのコト
消えてしまったホントウのコト
またたきする間に過ぎていくホントウのコト

ツバメは今年も海を渡ってきたが
帰ってこないものがある
死者たちが眠る大地に
ホントウのコトが
わたしを探して！　と　いくつもいくつも
墓標のようにたちつくす

方舟・2011

わたしのパソコンのモニターに
ひとつ加わった水色のファイル＝「方舟《はこぶね》」
九ミリ四方のちいさな箱に
あの日からの言葉を乗せて
海原のようなきょうという日を漕いでいく

塩に耐えた半年が
ついに終わったと知った朝

新聞から乗り移ってきた立ち枯れの松一本
津波に爪を立てていた
犬や牛の見開かれた黒い目
呼びかわされた名前や　ほどかれてしまった手の
残像がひしめく
方舟に　そう　わたしのそばに

航海図なんかなくても　行き先はわかっていた
ファイルのなかの海は穏やか
犬はいつもの犬小屋で　猫は猫のかたちで眠りなおす
魚はゆるやかな回遊をとりもどし
鶏舎では鶏がコッコ　コケッ　コ
花豆が煮えている台所

わたしたちは
春の午後のよろこびに手をかざす

そうだったらいいのに……ほんとうにそうであったら

きょうも訪れたひとりの死者
死者だって　いとしいものをさがすのだ
――いませんか　うちの子はいませんか？
声と気配がざわめいて
わたしのファイルは静まらない

三月が　また　方舟の上を通りすぎる
幻の雪は降りつづいているが

水仙のにおいだけはあって
そのとき　だれもがいっせいに思うのだ
新しい時間と理性がすぐそこにあること
この世とあの世が
いますぐ春の糸に結ばれることを
気づかなかったものが見えてきた
わたしたちの目のもどかしい速度についても

水色の方舟の
行き先はもうわかっていた
わかりすぎるほどわかっていた
始まったばかりの
海原のようなきょうという日を漕いでいく

きょうの祭礼

美しいのは　きょうの落ち葉
ぎざぎざの縁にひかりを乗せて
ゆうべの雨のうすい水を吸っている
通り過ぎる人々の　息からは遠く
係累からもはるか離れた
ひとつの完結した落下
ざわめきを地上一メートルに残して
秋は　踏みしだかれた葉のうえを

またたくまに走り抜けた

美しいのは　いま枝から飛び立つ小鳥
問いはない　答えもない
一瞬のはばたき
見送る視線のさきにあるのは
無辺の青空
風が南から北へと動いていく
逆らうものを笑うように
もういないという事実だけがそこに残る

美しいのは　学校帰りの子供たちの
ビブラートを帯びた高い声

波打ち際の水のように
ひいては寄せ　ひいては寄せる
結ばれながらほどけて
声は一個から無数に　無数から一個へと屹立し
しかし　ひとりひとりの顔はどこにも見えなかった
ランドセルが
路上にふっくらとした影を落とし
子供たちは　つま先で明日の背中をまさぐる
謎の声に満ちた夕暮れの路地
ごった返す市場のにぎわいよりも明瞭に
声は高層ビルをはい登る
美しいのは　もういない人たちの淡い影

前も後ろもない形のなかに
溶け込んでいるいくつもの気配
その気配がまだ生き物の生暖かさを放ちながら
路上を音もなく行進していく
柔らかなスカーフをなびかせた女
固い革靴の響きはいつも心に鬱を抱えていた
金融会社の男か
あなたたち　きみたち　そして
まもなく老婆になる私よ
一瞬　通り過ぎる「いま」というときを
すくいようもなく
また一日は暮れる

美しいのはきょうの白米
あきたこまち　ささにしき　ひとめぼれ
きらら　ゆきひかり　はえぬき　まいひめ
一粒ひとつぶきしむ音が
台所に満ちてきて
たった一粒であれ　これは私の命
祖母と母と　父と祖父が
渡った橋の何千日分もの甘さと苦さが
夜の電灯にきらめくのだった

美しいものは
通りすぎてゆく人
その後ろ姿

美しいものは　ひそひそと

儀式

紫陽花を水に沈める七月――

水で満たされた惑星から
遠く離れていくボイジャー一号に
手渡す先の歳月はないのだった
せめてこの星の雨に濡れた花を
きみが旅する無辺の宇宙へ流そうか
成層圏に美しい文字を描く青い花

最後の贈り物はしとつく雨の音だ
それがいっとき
きみの孤独を慰めるとよいのだが……
記憶の中から　みずみずしい
地上の庭が消えないとよいのだが

さよならボイジャー一号
アクア・ブルーの星の使者よ
無音の永遠が広がる暗黒世界で
次に目覚めるときを　夢見て生きよ
きみはいま　宇宙の胎児
いつか芽吹く種子のように
未知のものと語りあえるときまで

秋の柩

柩の中から秋空を見ている
湖では水すましがくるくると
夏のあえぎを鎮めている
黒いパンタグラフの見え隠れする町や村を
どこまでもどこまでも
あるいてきたような気がする
レールは草のなかをまっすぐに
そのルートだけが置き忘れられたように

しんしんと続いていて
あるくたびにさびしくなるのだ
ふるさとの列車は
記憶のフレームに収まり
二度と動かない影絵
そんな柩が
わたしのなかにはいくつもある

町のありか

木を見ていると
思い出したくないことも思い出す
木から言葉のようなものが出てくるので
拾ったらいいのか　捨てたらいいのか
いつも金縛りになってしまう
透けてくるのは庭の見える台所だったり
公園の木陰だったり
木ばっかり見ていた自分の姿

こころはいつもおしゃべりで
（人体はクラゲのように浮遊する）／とか
（詩と活字の不幸なかい離）／とか
（隠喩のヒエラルキー）／とか
（きみの重さを世界に乗っける）／とか
（アクセス無限な一日が好き）／とか
（コロナを食べる馬へのオマージュ）とかとか
つぶやいては消えていったことばの数々
血肉になったものなんかひとつもなかったけれど
ひとりで歩いていくのは
悪くなかった

わたしの柔らかな肉になったものは

沈黙だけ
泡のように思索は伸び縮みしていたが
烈しい流れにはならなかった
木々に樹液の音が響くように
脳にも
循環するものがあったはずだが
観念に溺れた若い細胞は
せわしないメリーゴーランドのように
ただ　回るだけで精いっぱい

木を見ると　木と話していた庭の見える台所を思い出す
青い風が吹いていた公園を思い出す
あの町はどこだっただろう

血肉にならなかったわたしの言葉が
少し傾いて　墓標になっている町

問いかけ

詩を書くってどういうことですか
と　あるひとが訊いた
あなた　森の話ばっかり書いていらして
どこにも屋根がありませんわねと
そのひとは言った

見えない森の下には
とれたてのシイタケのスープがあり

巣を造り始めた初夏の蜘蛛たちの美しい糸がある
床には書き散らされた紙
猫の長々と伸びた手足もあるが
わたしの言葉は
その常世のものたちのすきまから
そこ　あちら　むこう　かなたへとこぼれていく

詩を書くこととは……
このこぼれていくものたちを森へと帰すこと
あの湿った大地の暗がりへと眠りに行くこと
屋根や壁のない場所で裸になること

ほら　ごらんなさいよ

森に落ちる夕陽はあんなに赤くて大きくて
あなただって
幼いものを絞め殺したくなるのじゃなくて？
詩を書くことは……
屋根のどこにもない赤い赤いさびしさと　怖さに
溺れていくこと

白と黒についてわたしたちが話したこと

そのひとは　南からきて
南へと去っていった
三月の春の盛り
真っ白な花に囲まれて
はろばろと　空や
雲や　わたしたちの視線の先を横切り
微笑みだけを残して　去っていった

花菖蒲の咲く岩手・北上へ
一緒に行ったこと
ゆるやかな山稜に
まぼろしの雪を見たような気がしたこと
Kさんちに湧く温泉に
いつか入りに行きましょうねと話したこと
思い出は　母のにおいのように消えないけれど
あなたのあのきれいな白髪は
少し会わないあいだに失われていて
そのせいで微笑は
ますます　際立ち美しいのだった

あなたの人生を織りつめたような

黒に白の蚊絣のブックカバー
柔らかな布の　手から滑り落ちそうな軽さ
贈りもののあれは形見だったの？　島さん
いま思えば布について語るときの
熱を帯びた口調は　なにかを伝えたいひとの
息せききる呼吸があった
　ほら　北園克衛の詩にあるでしょう？
黒の中の黒の中の黒の中の白……
だったっけ？
ふいに口ずさまれた詩の曖昧さに比べると
布の黒と白について語るあなたは毅然として
語るほどに白と黒にまぶされていくようだった

蚊絣に点々を　ただ美しいものとして眺めた目が
ブックカバーに転写され
本箱の片隅から　いつもわたしをみつめ返す
形見　だなんて知らなかったから
わたしは夜ごと乱暴に本をとりあげ　布と遊び
あなたの白髪に似合う黒を羨んだものだ

いま　どのあたりにいるのだろう　島さん
蚊絣に美しい点々を友にして
黒の中に身を横たえていると
あるいは黒の中の白に　ひそりと隠れているのだろうか
三月忌はとうにすぎ　六月
くちなしの花の白が路上に甘やかな香りを放ち

わたしはあなたと果せなかった旅の約束と
温泉の水のにおいを転がす
こうして時間はただ過ぎていくのね　島さん
そして気付く
あなたが布の黒と白について語ったときの一瞬に
いまだけの永遠はあったのだと

花を捧げよう　六月のくちなしを
もう　生まれ変わってどこかにいるだろうあなたの
見えない魂と明日に
無垢な白を　真っ白な花に捧げよう
そしてにおいも
あなたが嗅いでいた　南の島のにおいを

ある船の物語

錆びついたスクリューの
それは確かに　海の地図でもあったのだ
行路の水をかきまぜ　幾度となく
風の夜をしのいできた
それがどうしたことだ
こんな野原にひとりきり
波に押し上げられて防波堤を過ぎ
町の交差点の信号機をなぎ倒し

あっというまに山すそに着いた
冷たい春の
明るい晴天の午後を
月のクレーターを掘るように
町を傷だらけにしてここまできた

それからずっと無言のままだ
人っ子一人いない　山のふもと
不時着した宇宙船のように
ひとりきりの夜が続く
風に運ばれてきた紙には
「私の家族」というタイトルがにじんでいて
しわくちゃの新聞の中にも無数の名前が右往左往している

出られない檻のなかにいるようではないか
夜ごとの風に怯えもする
大海原を渡ってきた　この体が
縮み　かたむき　息も絶え絶えに
丈伸びる草と格闘しているのだ

遠くには真っ白い骨が
太陽の光を吸って輝いている
ウシや馬や猫や犬の　何万という声が
壊れたラッパの空洞から野の果てまで届く朝
あの目の暗がりを　大きく開いた口の闇底を
あるいは反り返った肋骨の空虚な空洞を

舵一杯　直進せよと声を限りに叫びたい
あるいは　そう　水の葬いのための汽笛を鳴らしたい

わたしは海をなくした　無惨な船だ
朽ちていく　無言の船だ
姿勢を変えることのできない苦痛
しかし　あの日はみんなが同じことを思ったのだ
思い続けて　思い続けて　なにひとつかなわぬままにここにいる

黄色い塗料が剝がれて行く　裸になっていく柔らかな腹の膨らみ
スクリューが海のにおいをなつかしむ
操舵室の計器もまた
自分がなにものであったかを忘れそうになって身震いする

灼熱の夏の甲板に
かぶりつくように襲いかかる突然の嵐
そんなものは子どもだましの出来事にすぎなかった
わたしを山に運んだ怪物は
生きた舌と無数の手足を持つ海だった
わたしの海　わたしの母　兄弟である海だった
枷をほどかれた凶暴な怪物　裏切りの海
そんな海を　なつかしむわたしは
もう船ではないのかもしれない
がれき
がれきというもうひとつの怪物

今日はいい風が吹いている

遠い海のほうからカモメの声がして潮風が届く
今朝　だれかが
わたしの腹にひとつの言葉を書いていった
神話という言葉を

ほんとうにその通り　なんてシンプルな言葉
そう　わたしはこのさき　神話のように生きるだろう
だれもが耳を澄ませて聞く　物語というものになって
神話の世界を生きるだろう
海ではなく　けっして海ではなく
渇きで死するもの　草のうえで永遠に錨を下ろすもの

受粉の日

花粉のように飛びましょう
どこまでもどこまでも
飛散と受粉の旅をつづけましょう
軽くて柔らかなお皿を抱えて
ええ　どこまでも出前の旅をいたします
不妊の女たちのいる島
遊び続ける少年たちの
いつまでも暮れない空に

金色の花粉を降らせにいきましょう

愛のすり切れた二十一世紀の波打ち際
わたしたちの旅の道程は
虹のように喜びと悲しみの両岸へと
続いているのではなかったか
大きなクジラたちが殺され続けた深い湾では
まだ皿は空っぽのまま
なみなみとしたものを満たすために待たれている

手をつないでいきましょう
けっして幸福ではなかった父母や祖父母たちの
墓やクジラ碑

置き去りにしてきた動物の白骨たちよ
花をさした銃口を敵に捧げた若者のように
いまいちど
生き物の濁りのない受胎を夢見て
るいるいとした死の山脈をこえて往く

さあ　わたしたちは
あした　白い皿に乗った
黄色い魔法の粉になるのですよ
未来を生きるための花の武器になるのですよ

目次

初出一覧

「春そこから皮膚が」『文藝』二〇一一年夏号　河出書房新社
「海へゆくものへの挽歌」『現代詩手帖』二〇一一年八月号　思潮社。二〇一一年四月三〇日、「言葉を信じる　春」（会場：日本近代文学館）で朗読された作品を整理、大幅に加筆したもの
「椿を鎮める」二〇一三年三月の日本近代文学館展示のための揮毫作品がある
「ことほぎ」『青焔』二〇一二年秋号　青焔の会
「クラゲたち」二〇一一年九月二五日、「ことばのポトラック」（会場：サラヴァ東京）で朗読された。『ことばのポトラック』二〇一二年　春風社に収録。本詩集には、最終稿を採用した
「冬の薔薇」二〇一一年一二月一〇日、「言葉を信じる　冬」（会場：日本近代文学館）で朗読された
「ホントウのコト」二〇一一年七月一六日、「言葉を信じる　夏」（会場：日本近代文学館）で朗読された
「白と黒についてわたしたちが話したこと」『青焔』二〇一三年秋号　青焔の会
作品中の「島さん」とは、島木綿子氏。二〇一二年三月逝去
「受粉の日」『青焔』二〇一四年秋号　青焔の会。ほかの詩編は未発表

記録

二〇一四年八月一九日、稲葉真弓さんから書簡と詩の原稿を受け取った。書簡には重篤な病状に触れながら、これらの原稿を一冊の詩集にまとめてほしいとあった。本詩集は、ほぼ稲葉さんが構想されたプランに従っている。原稿以外に、あらたに収録した作品は、『青焔』に発表された「白と黒についてわたしたちが話したこと」「受粉の日」の二編である。

書名は、「3.11の祈りが通じる　心のてのひらに納まるような一冊」という書簡のなかの稲葉さんのことばによった。

二〇一四年三月八日、『連作・志摩　ひかりへの旅』を上梓した。この日は稲葉さんの誕生日。本詩集も、一年後の三月八日を発行日とした。

里舘勇治

稲葉真弓◎いなば・まゆみ

一九五〇年三月八日愛知県生まれ。愛知県立津島高等学校卒業。西脇順三郎作品に衝撃を受けたのをきっかけに高校生の頃より詩作を始め、名古屋の同人誌で発表するなど創作を続ける。一九七三年「蒼い影の痛みを」で女流新人賞受賞。八〇年『ホテル・ザンビア』で作品賞受賞。これをきっかけに東京へ移り、編集等の仕事の傍ら創作活動に励む。八二年詩集『ほろびの音』上梓。九〇年「琥珀の町」で芥川賞候補となる。九一年詩集『夜明けの桃』上梓。九二年『エンドレス・ワルツ』で女流文学賞受賞。同作は九五年に「エンドレス・ワルツ」（監督／若松孝二、主演／町田康）として映画化される。この頃、倉田悠子名義でノベライズやファンタジー小説の仕事も行なうが、この事実は二〇一四年五月に自ら明かすまで知られていなかった。九五年『声の娼婦』で平林たい子文学賞受賞、『繭は緑』で泉鏡花文学賞候補となる。九七年「朝が二度くる」、二〇〇〇年「七千日」、〇五年「私がそこに還るまで」でそれぞれ川端康成文学賞候補となる。〇二年、詩集『母音の川』で萩原朔太郎賞候補となる。〇八年、志摩半島での暮らしを題材とした「海松」で川端康成賞受賞、一〇年『海松』で芸術選奨文部科学大臣賞受賞。一一年『半島へ』で谷崎潤一郎賞、中日文化賞受賞。一二年同作で親鸞賞受賞。晩年は詩作や朗読にも積極的に取り組み、一四年三月、詩集『連作・志摩　ひかりへの旅』上梓。同年四月紫綬褒章受章。二〇一四年八月三〇日逝去。

心のてのひらに

二〇一五年三月八日　初版第一刷発行

著　者　稲葉真弓
装　幀　関宙明　ミスター・ユニバース
発行者　里舘勇治
発　行　港の人
神奈川県鎌倉市由比ガ浜三―一一―四九
〒二四八―〇〇一四
電話〇四六七（六〇）一三七四
ファックス〇四六七（六〇）一三七五
http://www.minatonohito.jp

印刷製本　創栄図書印刷

ISBN978-4-89629-291-6